沙孟海先生诞辰
一百周年纪念集

启功敬署

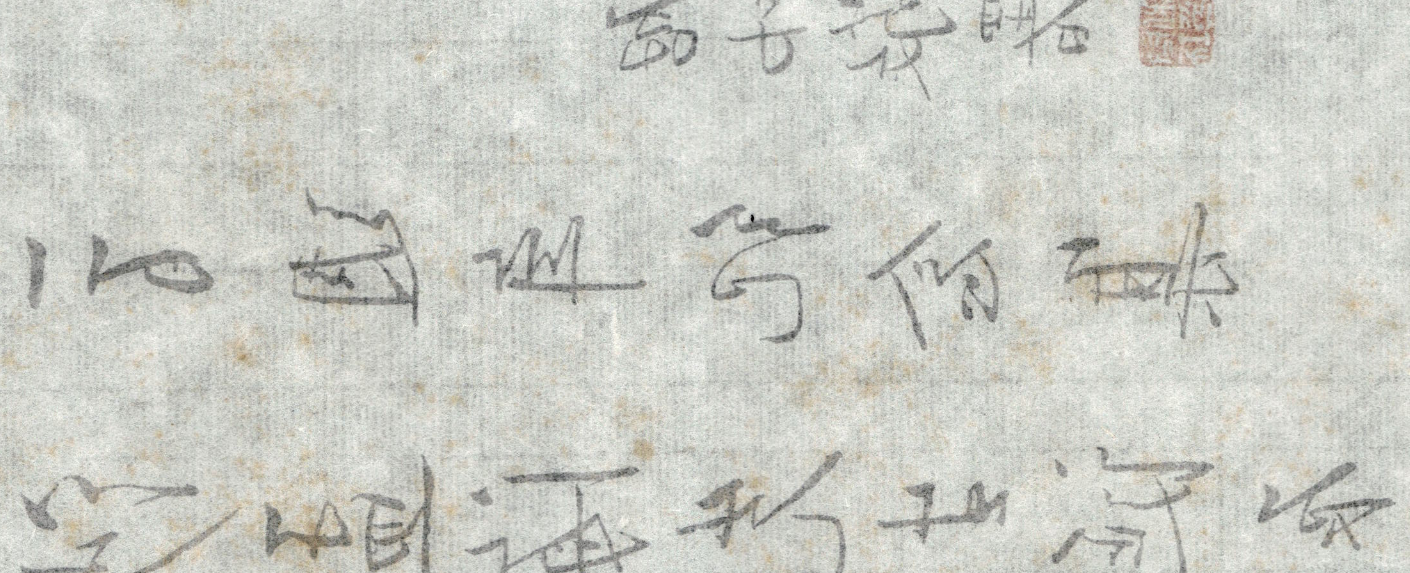

西泠印社珍藏历代名家印选总序

刘　江

印学是中国优秀传统文化的重要组成部分，她包涵篆刻艺术、古文字学、金石学、书法、印谱以及印学史论等多个学科。

西泠印社创立于一九〇四年，宗旨是『保存金石，研究印学』，迄今已有一百余年的历史。其社员，先后有一百余人，分布于国内各地，以及海外日、韩、东南亚，远及欧美等国家。他们大多是篆刻名家与印学研究的专家、学者或收藏鉴赏家，终身或业余从事篆刻创作印学研究、印学艺术品鉴赏收藏，孜孜不倦，成果斐然。在爱社如家的精神影响与传承下，他们在离世之前，或留遗嘱，将自己所创作之佳品捐于印社，或将藏品无偿捐赠印社保存，传承后学，以光大印学的普及与研究，为弘扬祖国优秀传统文化、发展篆刻艺术，谱写了光辉的一页。

为了更好地弘扬『保存金石，研究印学』的宗旨，光大在历史发展中形成的团结奋进、深研印学、普及提高、爱社如家等精神，近三十多年来先后成立了西泠印社出版社、中国印学博物馆、中国印学图书馆等组织机构，将其所藏珍贵的古代玺印以及近现代名家篆刻作品、历代印谱等文物，分类分期出版，或专题陈列、公示于众，惠及爱好者。西泠印社出版社，在不断推出各种有关印文化专著与工具书的同时，还选部分印社藏品，陆续编辑出版了手拓本《西泠印社历任社长印谱》、《西泠八家印谱》、《晚清民国六家印谱》、《西泠印社藏印选》、《李叔同常用印集》、《沙孟海印谱》、《王福庵印谱》等，得到广泛好评，很快就销售一空，而求购者依然络绎不绝。决定再次制作，却因珍藏的很多印章系国家一级文物，不能随便拓印以手拓本出版。经过认真细致的研究，为了满足篆刻家和爱好者的学习与借鉴的需要，出版社以手拓本为依据，借用独特的宣纸印制工艺将之影印成册，很好地再现了原拓本的风貌。

这些印谱，其作者有古有今。古者秦玺汉印，各有淳古朴实之风；明清之际，高手频出，自出新貌，开宗立派，功力深厚；晚清民国之时，邓石如、吴让之、赵之谦、吴昌硕、黄牧甫、齐白石、赵时棡等，以书入印，广涉前贤，各取所需，刀笔互动，各显风姿，有的遒劲自然，端庄生动，有的简朴浑厚，苍动古穆，有的刚直锐利，精神挺拔，有的挥刀如笔，痛快淋漓，有的温文尔雅，秀雅隽丽；近世的沙孟海、王福庵等，或虚和秀整，偏师独出，或『形若幽谷芝兰，质似大石乔松』。印谱作者与面目繁多，由此可见一斑。对于喜好诸君，此真乃品赏收藏之稀世佳作。是为序。

公元二〇〇九年端午后一日于杭州

虛和秀整饒有書卷清氣
蕙風絕賞會之謂神似陳
秋堂信然
甲子臘月
吳昌碩年八十又一

浙人不學趙撝叔偏師獨出
幟異軍雄文何陋習一蕩滌
不似之似傳讓翁我思投筆
一鏖戰鞀鼓不競還藏鋒
文之仁兄先生正之
乙丑四月
老缶吳覓書

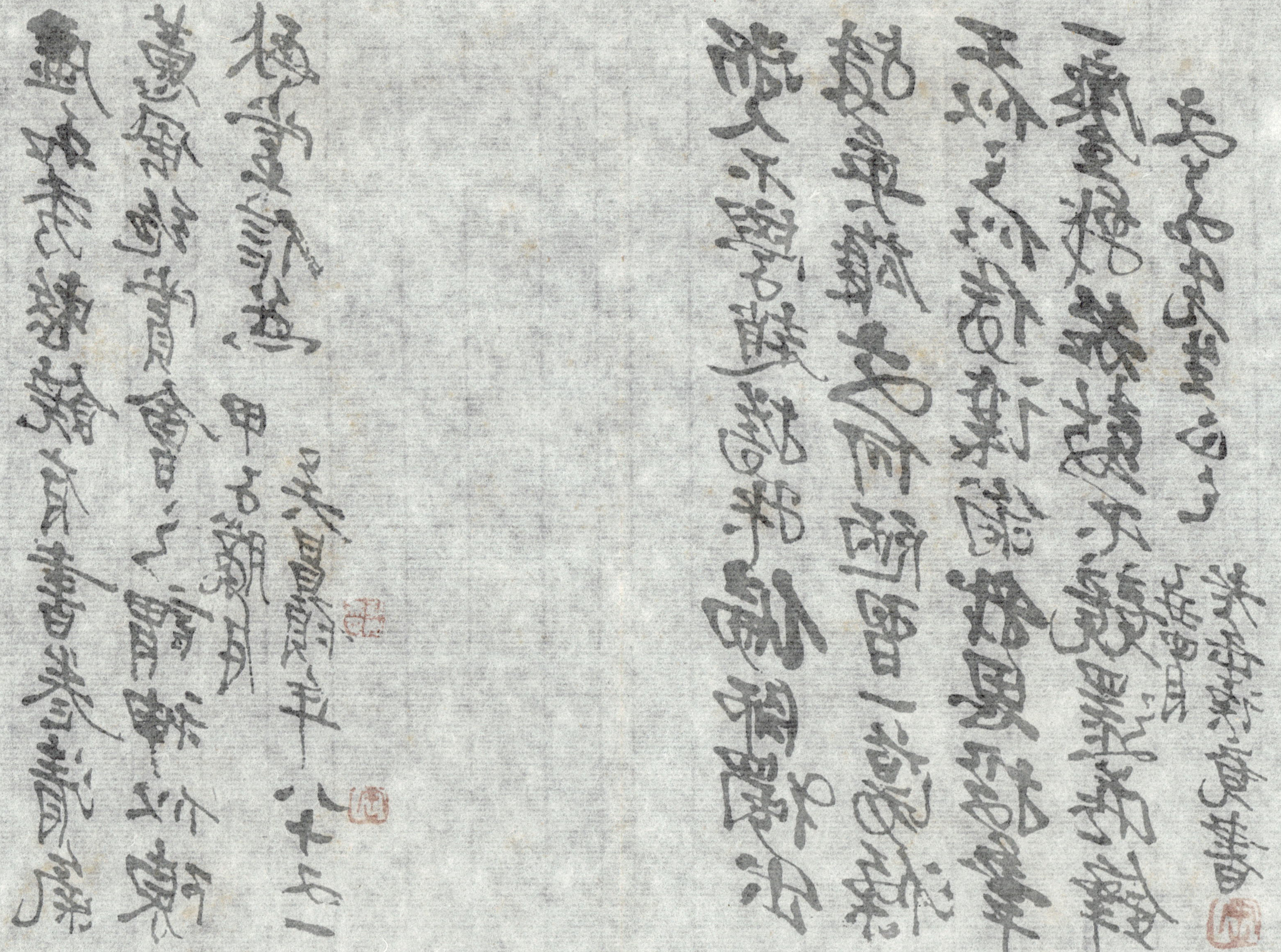
甲子

偏師獨出殊英雄

沙孟海先生以書名世，大氣磅礴，現代當推第一。篆刻尤爲先生治學餘事，亦功力深厚，别具面目。早年先後師印壇名將趙叔孺、吴昌碩，普讀文史之学，勤习书画之藝，深究浙皖名家、秦漢璽印以及歷代碑版與銘刻文字，遂能登堂入室。端倪初見，缶翁即爲其譜題贊：浙人不学趙撝叔，偏師獨出殊英雄。文何陋習一蕩滌，不似之似傳吾翁。中年以後，新中國誕生以來，社會安定，而出土文物益多，識見深廣，多方探索，熔古汇今，自出机杼，形成有鮮明時代特色、强烈的个人風貌，選字謹严，造型高古，章法依字取勢，圓聚一气，用刀爽利，況着生動，白文印基于古璽漢鑄，又得缶翁之神

渾朴厚重氣勢雄強朱文印有吉金之勁瑞師之意舒揚流轉清勁雋雅。其自用印語多表達了作者當時思想感情寓意深長使觀者心緒翻騰聯想翩躚于藝術感染之深不愧為當代大家也。己卯冬劉江叙序于西泠

目录

西泠印社

凿山骨

欲儂鑿山
骨韓約素
語也沙邨

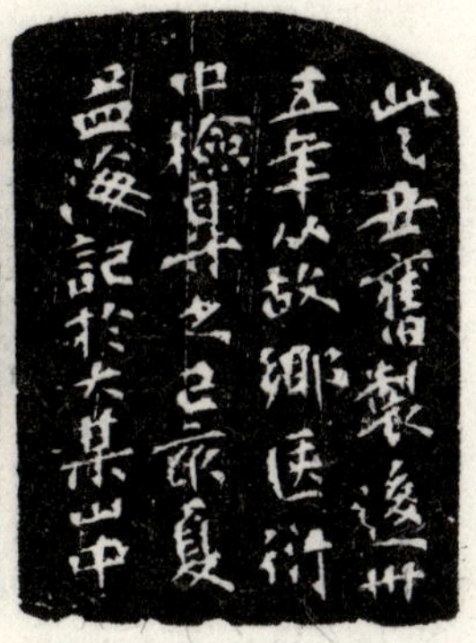
此乙丑舊製後卅
五年從故鄉匧衍
中檢得之乙亥夏
西海記於大某山中

西泠印社

庚申七月
大春敬刻

西泠印社

卅

君木无咎

文若橅玉印

西泠印社

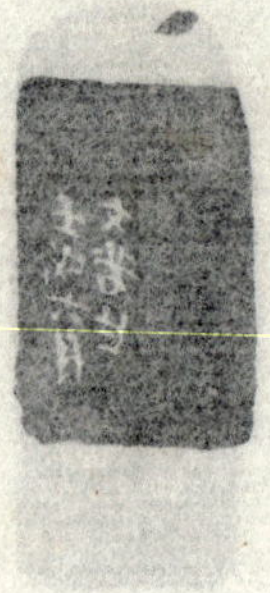

沙孝肩印

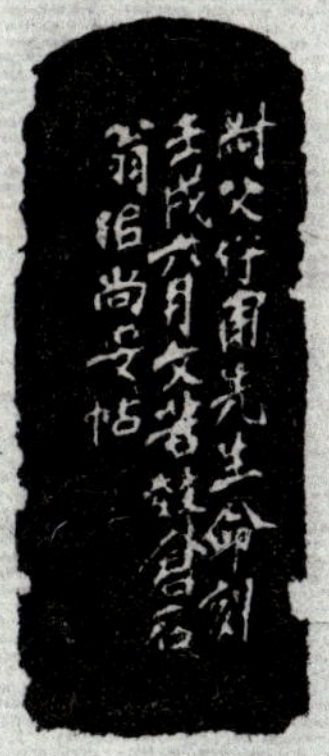

西泠印社

留付千秋脉望知

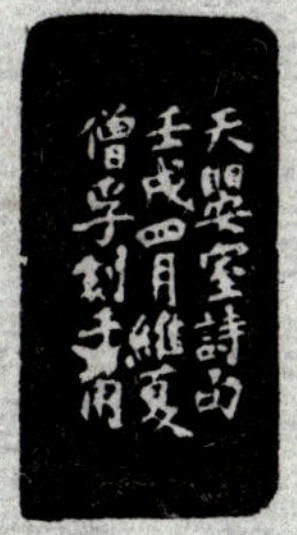
天嬰室詩句
壬戌四月維夏
僧孚刻于甬

冯介倩

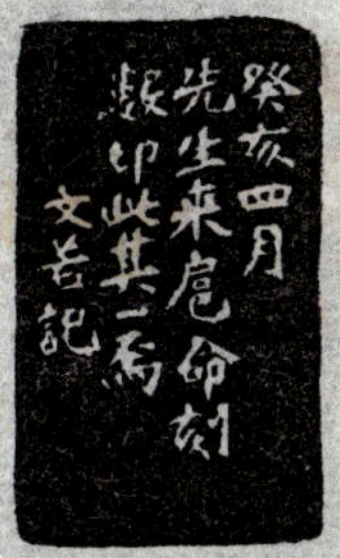
癸亥四月
先生來扈命刻
數印此其一焉
文若記

西泠印社

长乐

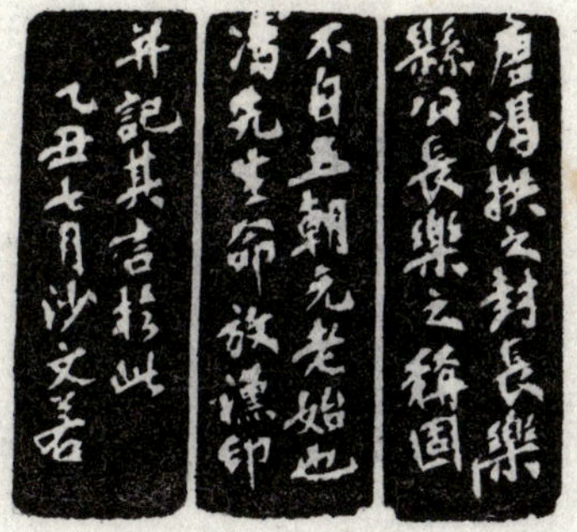

唐馮拱之封長樂
縣公長樂之稱固
不自五朝元老始也
馮先生命放漢印
并記其言於此
乙丑七月沙文若

西泠印社

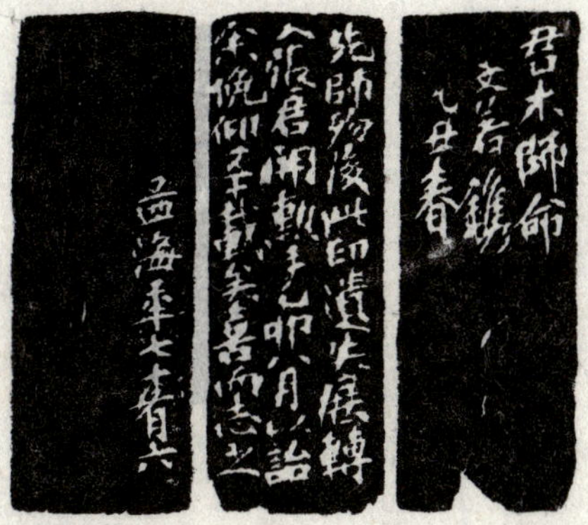
君木師命
文若鐫
乙丑春
先師歿後此印遺失展轉
入滬君開數手乙卯八月以詒
余俛仰五十載矣喜而志之
孟海年七十有六

回風先生命
弟子文若刻

西泠印社

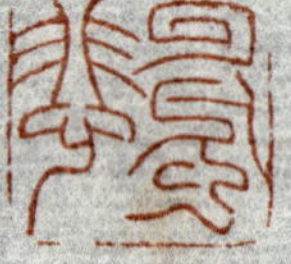

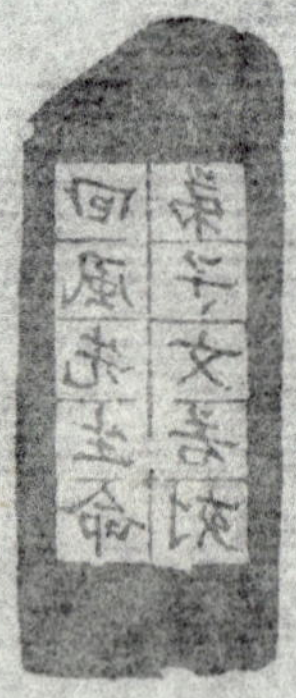

宙曲面势

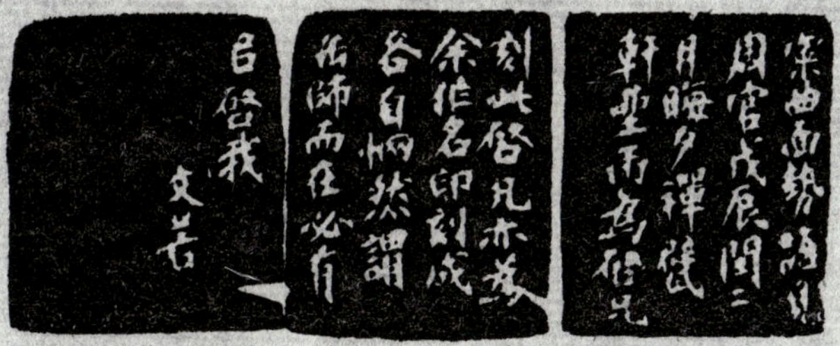

宙曲面勢語見
周官戊辰閏二
月晦夕禪甓
軒聖雨為石兄
刻此啓凡亦為
余作名印刻成
各自惘然謂
石師而在必有
以啓我
文若

南北两峰作印看

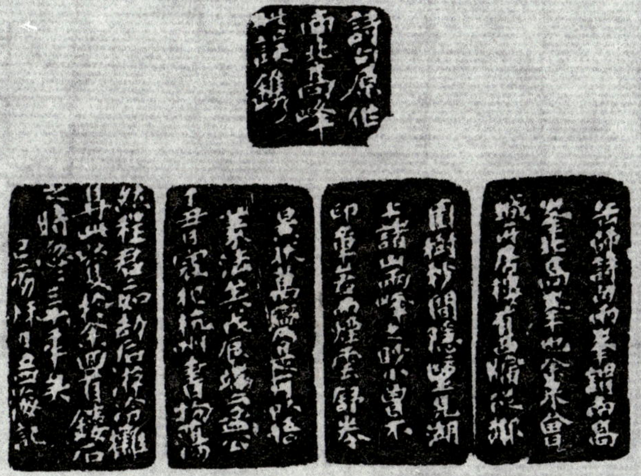

詩句原作南北高峰誤鐫

西泠印社

南北两韩作印香

冯君木

西泠印社

萧山朱鼎煦收藏书籍

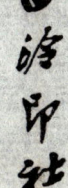

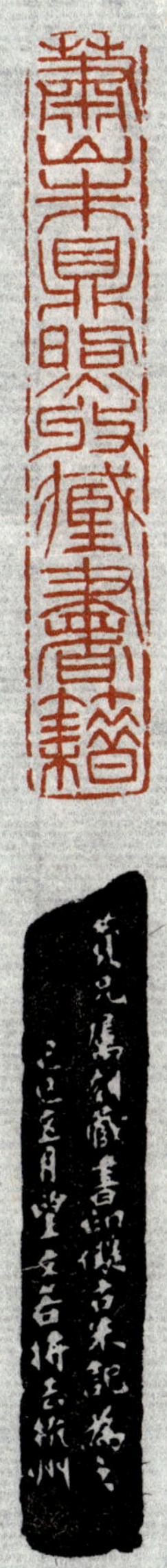

西泠印社

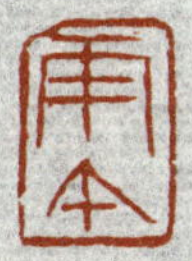

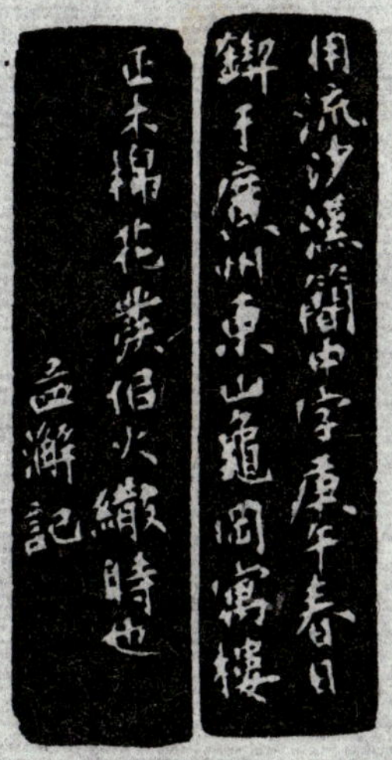
用流沙漢簡中字庚午春日
鐫于廣州東山龜岡寓樓
正木棉花叢似火熾時也
孟澥記

庚午

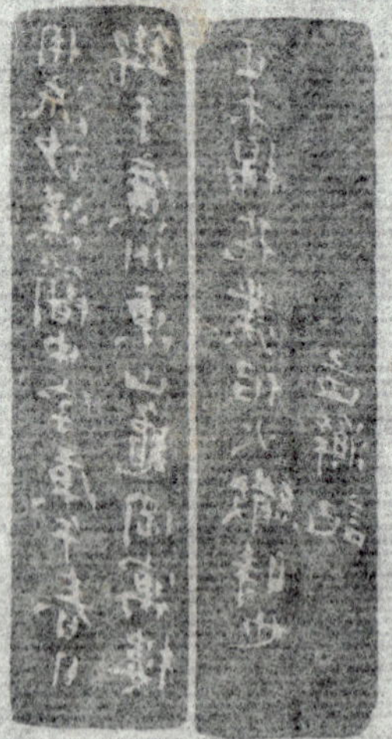

沙仔甫

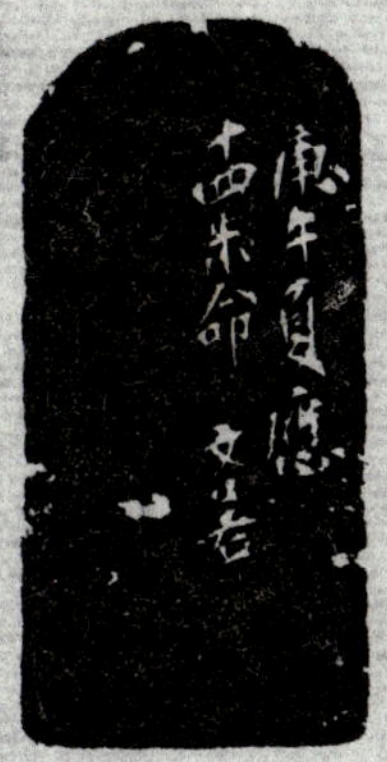

西泠印社

哲老

西泠印社

沙文若印　沙孟海印

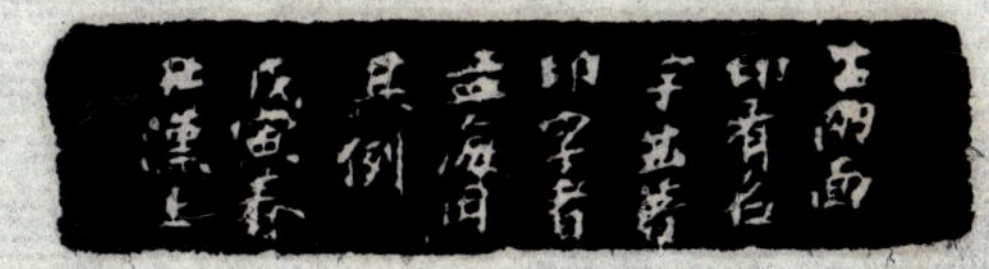

西泠印社

沙文若印　沙孟海印

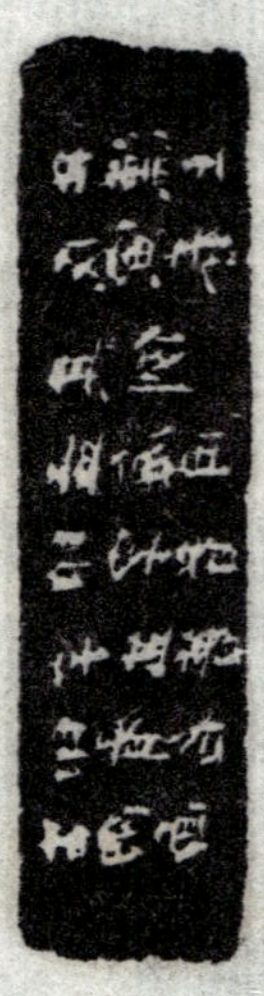

孟海

甲辰盛夏刻於蟄蟬聲裏
石荒

孟海

西泠印社

臣书刷字

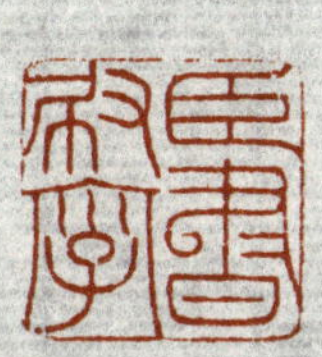

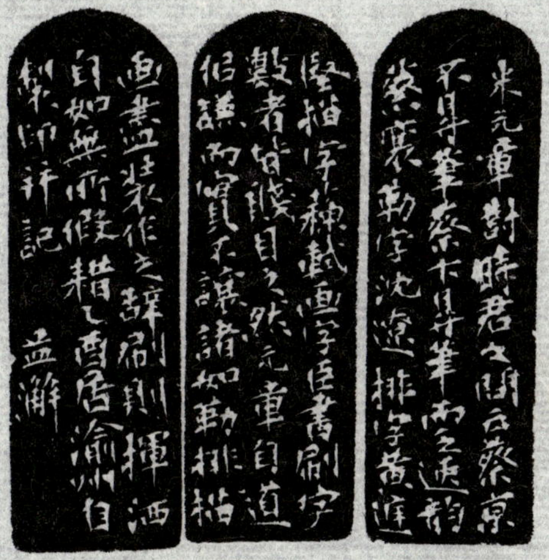

米元章對睢君之問云蔡京
不得筆蔡卞得筆而乏逸韻
蔡襄勒字沈遼排字黃庭
堅描字蘇軾畫字臣書刷字
數者皆能自立然元章自道
似謙而實不讓諸如勒排描
畫豈非裝作之辭刷則揮洒
自如無所假借乙酉居渝州自
製印并記 益瀚

西泠印社

印[illegible]剛字

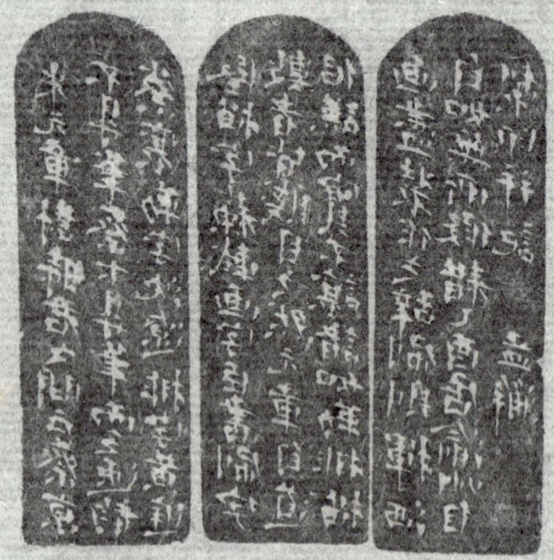

西泠印社

恭祖旧轩

恭祖舊三字見管子
孟海刻於渝州

西泠印社

如福石林

萧条高寄不与时务经怀

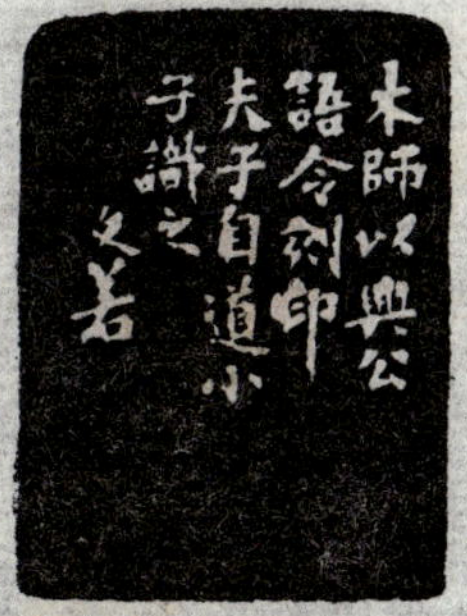
木師以與公
語令刻印
夫子自道小
子識之
文若

西泠印社

下笔已到乌丝阑

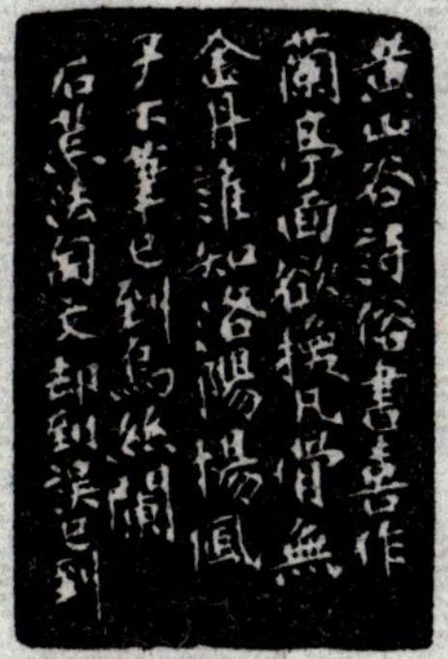
黄山谷詩俗書喜作
蘭亭面欲换凡骨無
金丹誰知洛陽楊風
子下筆已到烏絲闌

西泠印社

偶然题作木居士

西泠印社

沙文若信玺

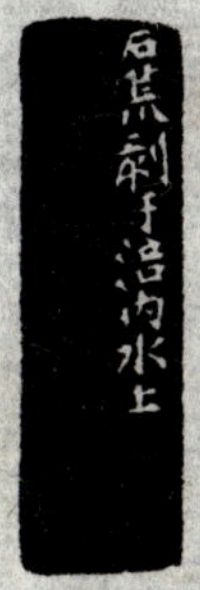

西泠印社

千岁忧斋

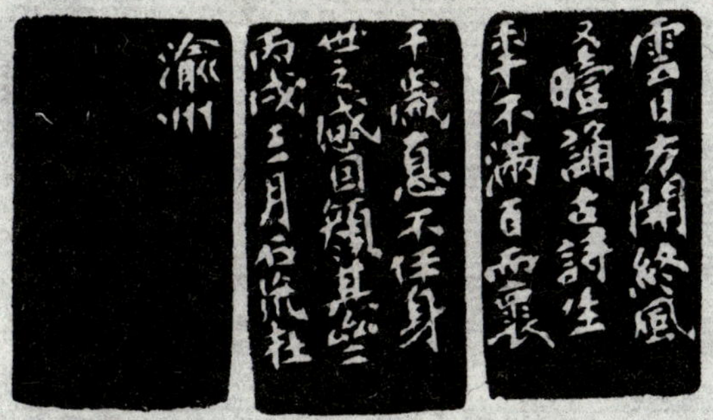
雲日方開終風
又曀誦古詩生
年不滿百而懷
千歲憂不任身
世之感自傾其
丙戌三月
渝州

西泠印社

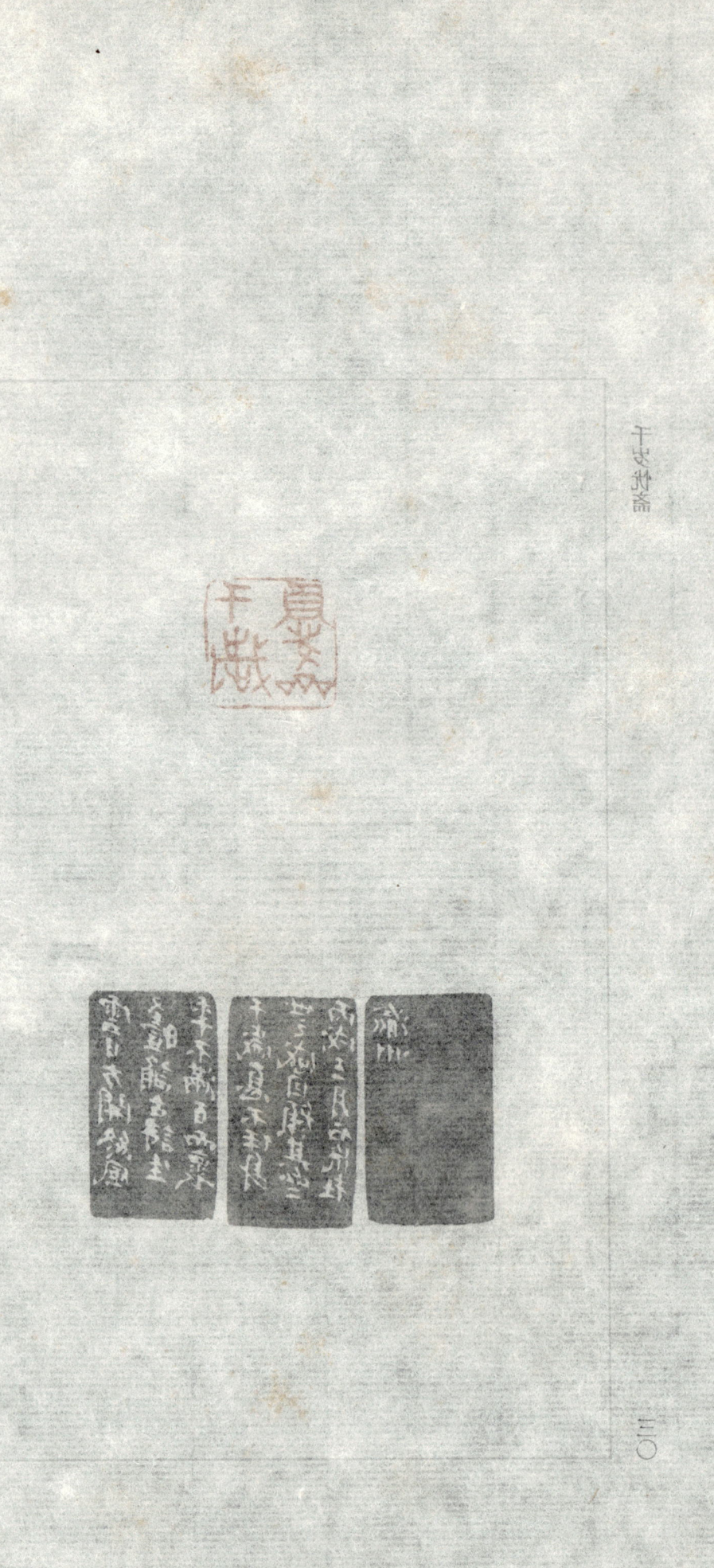

沙文若玺

己丑上巳刻于小沙
泥街寓居孟海記

西泠印社

沙文若璽

四十九年无是处

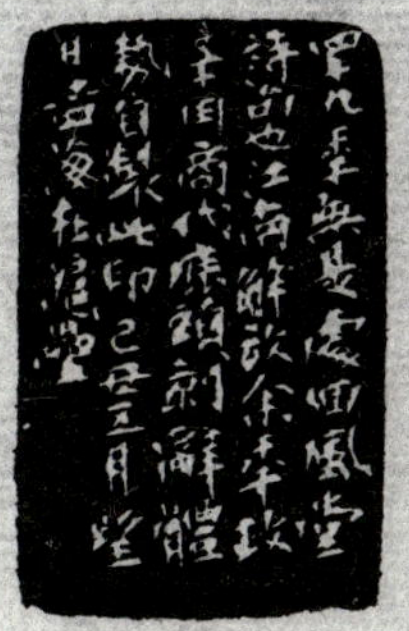

若

哈尔滨

哈尔滨

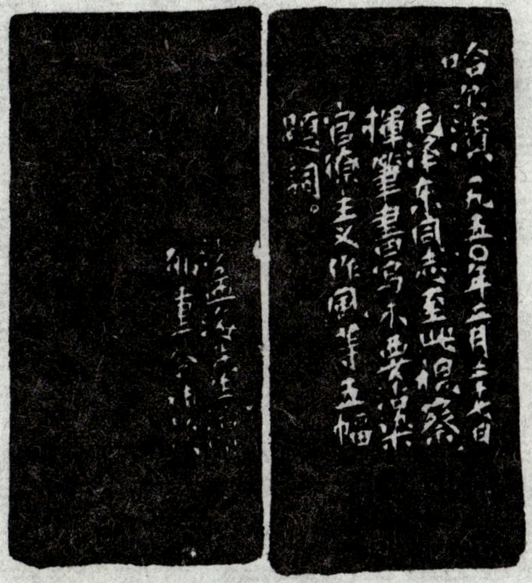
哈尔滨。一九五〇年二月二十七日
毛泽东同志至此视察，
官僚主义作风等五幅
题词。

西泠印社

合尔寅

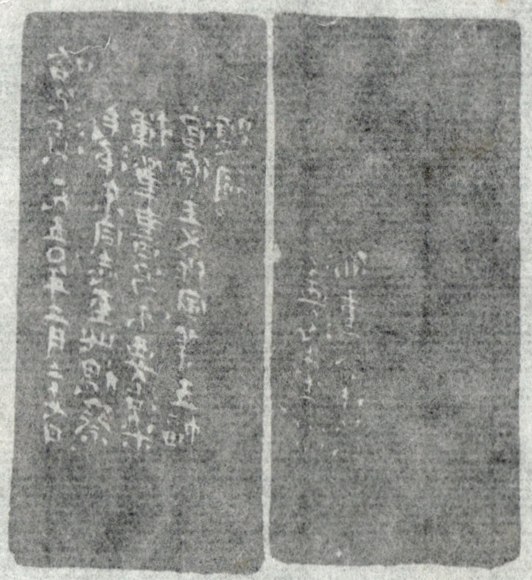

杨瑛私印

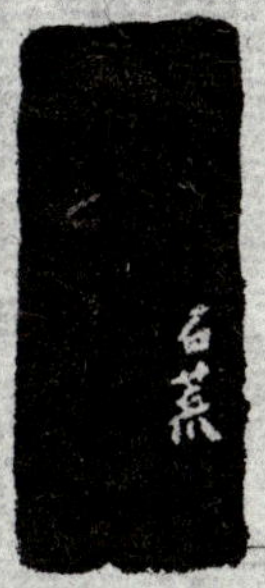
石荒

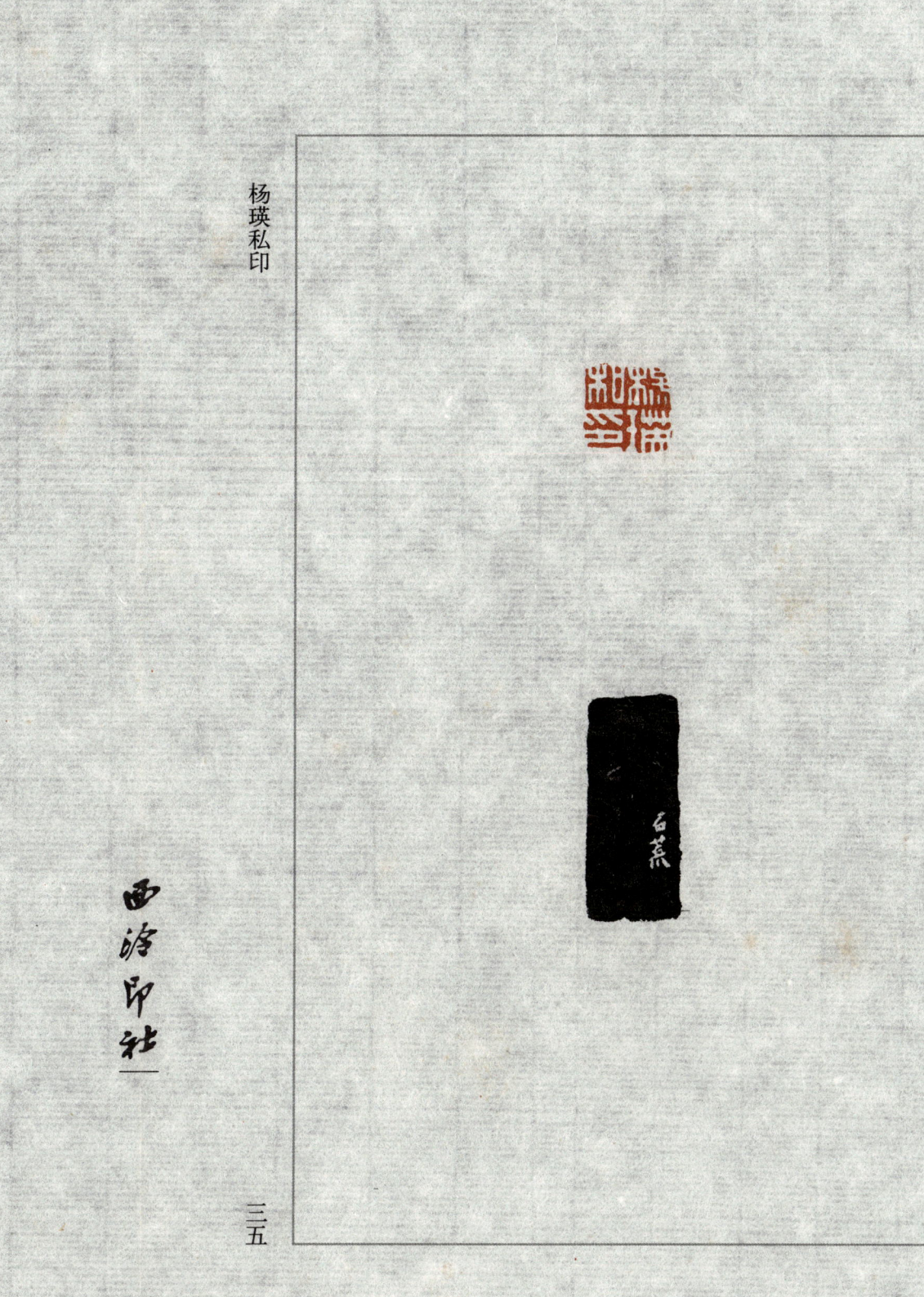

西泠印社

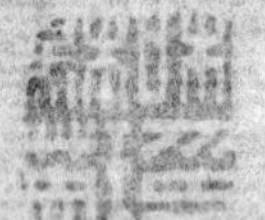

若榴花屋

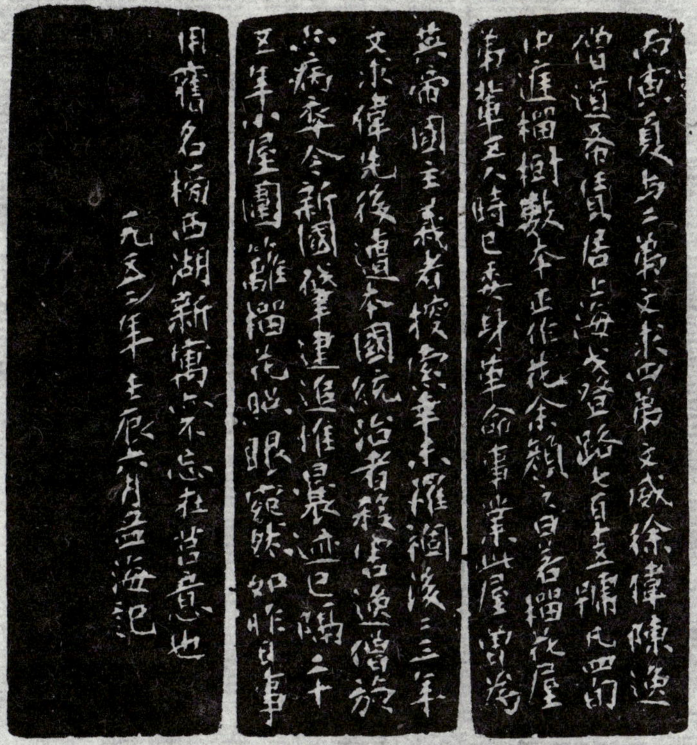

西泠印社

沙文汉印

一九五五年 先父為三叔父制
丙卯臘月重華補款

西泠印社

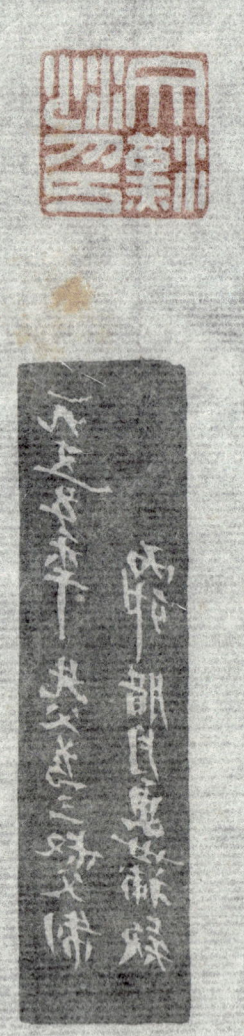

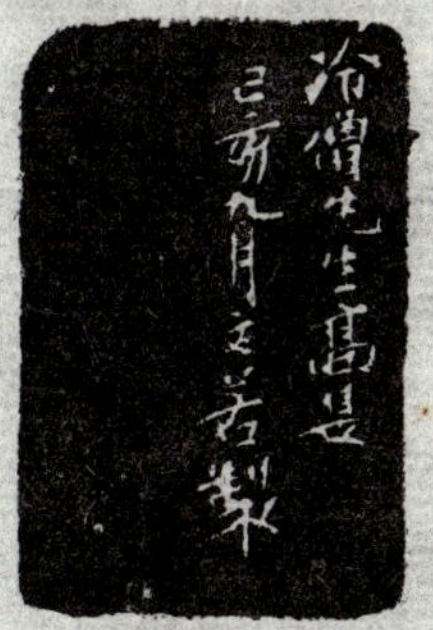

西泠印社

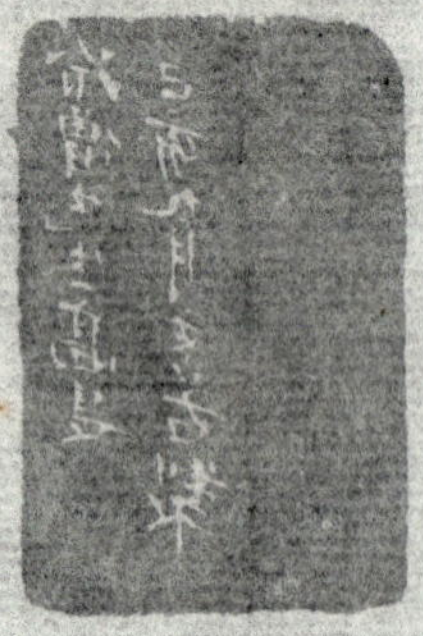

西泠印社

政治挂帅

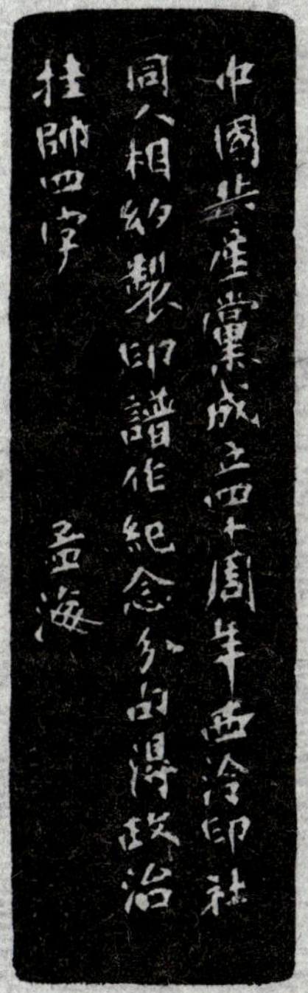
中國共產黨成立四十周年西泠印社
同人相約製印譜作紀念分句得政治
挂帥四字 孟海

西泠印社

實事求是

西泠印社

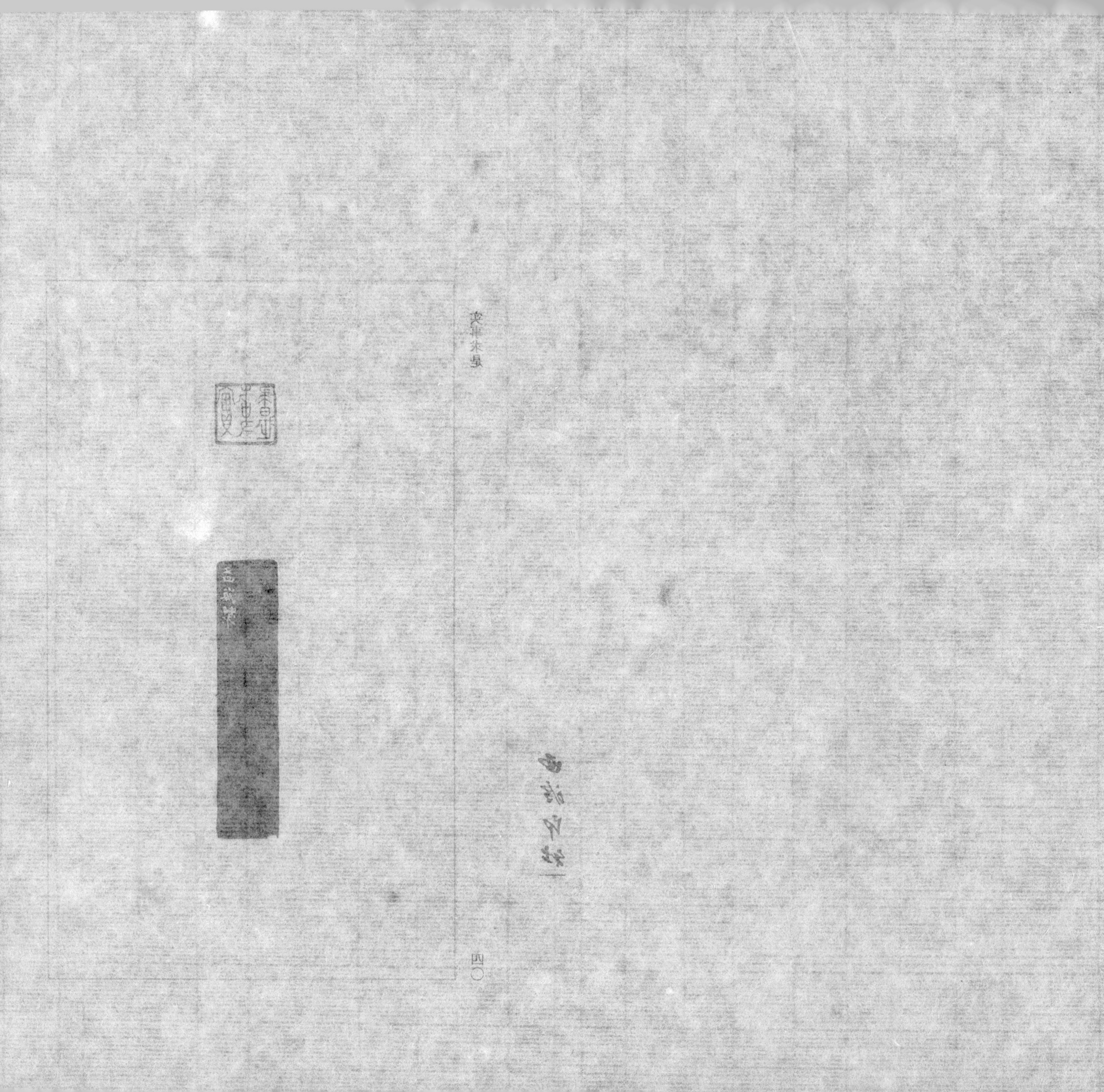

于越濒海之民

西泠印社

沙更世之玺

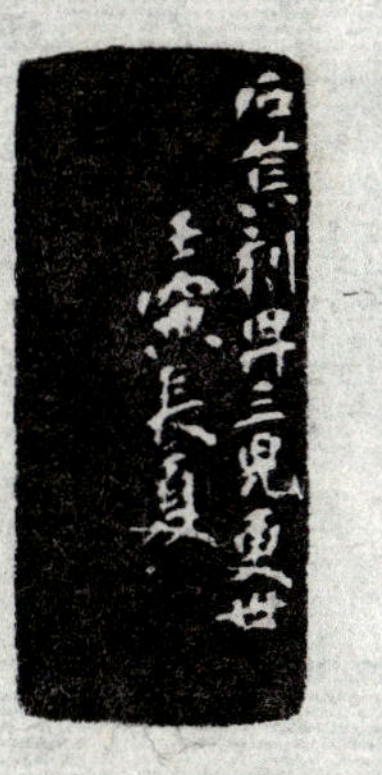

西泠印社

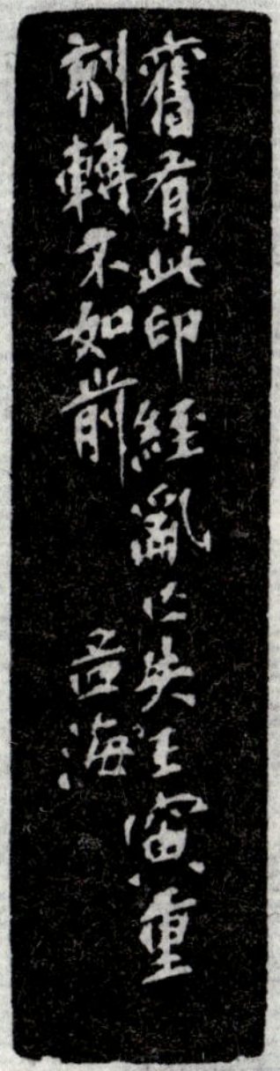
舊有此印經亂亡失壬寅重
刻轉不如前
吾海

西泠印社

西泠印社

手抄六千卷楼

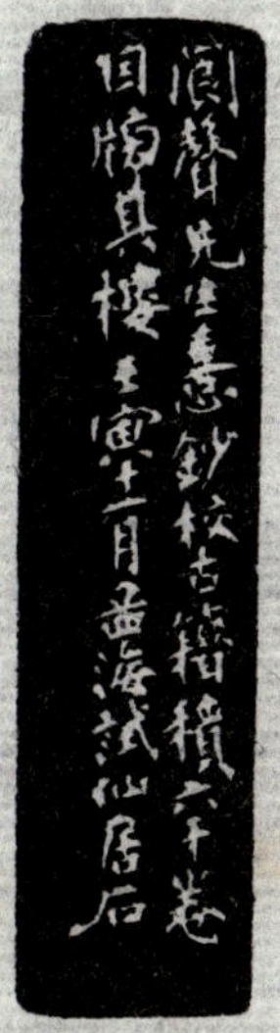
閬聲先生盡鈔校古籍積六千卷
因牓其樓 壬寅十一月西海試仙居石

西泠印社

聋虫

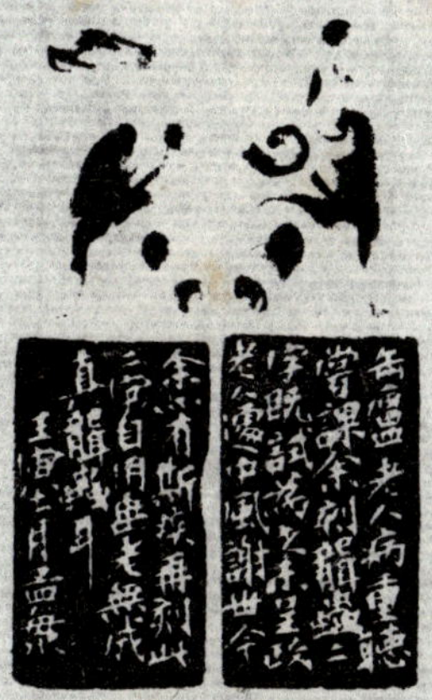

缶廬老人病重聽
嘗課余刻聾蟲二
余亦斯疾再刻此
直聾蟲耳

西泠印社

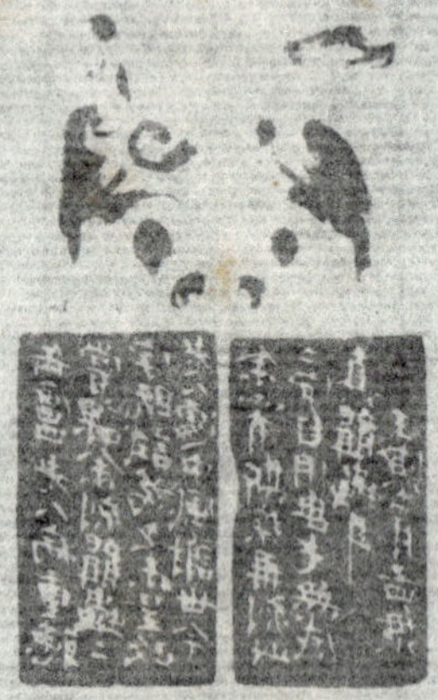

西泠印社

江山如此多娇

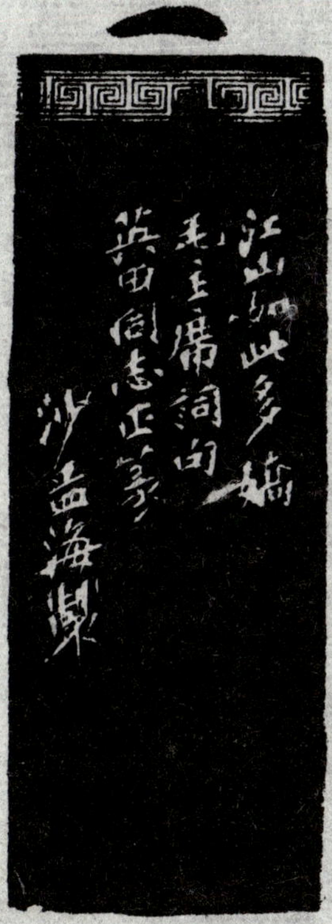
江山如此多嬌
毛主席詞句
莆田同志正篆

西泠印社

沙文若玺

西泠印社

此石張伯老舊贈
老沙為石濟見焦氏易林
石荒刻於杭州時年七十二

西泠印社

昔涉印存

西泠印社

赤堇沙氏

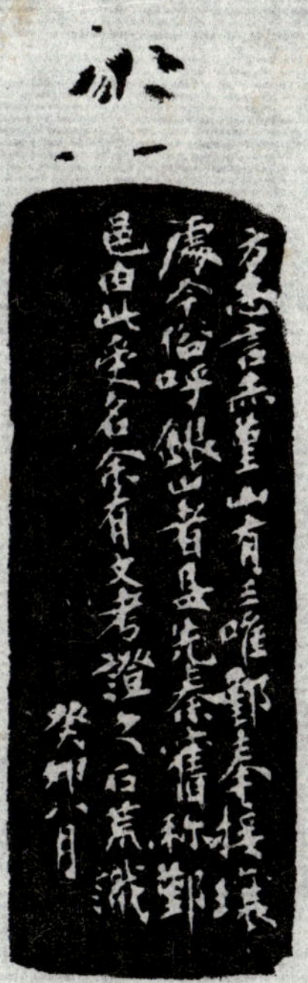
方志言赤堇山有三唯鄞奉接壤
處今俗呼銀山者是先秦舊稱鄞
邑由此更名余有文考證之石荒識
癸卯八月

西泠印社

西泠印社

沙村唯印

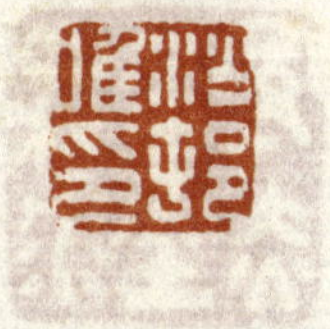

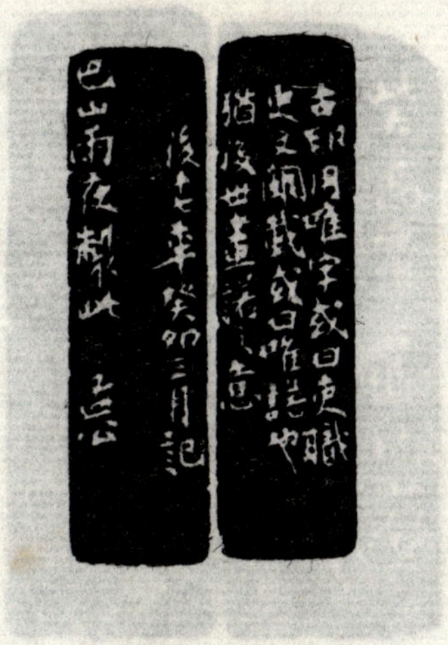
古印用唯字或曰吏職也文飾哉或曰唯諾也猶後世畫諾之意
後七年癸卯三月記
巴山雨夜製此

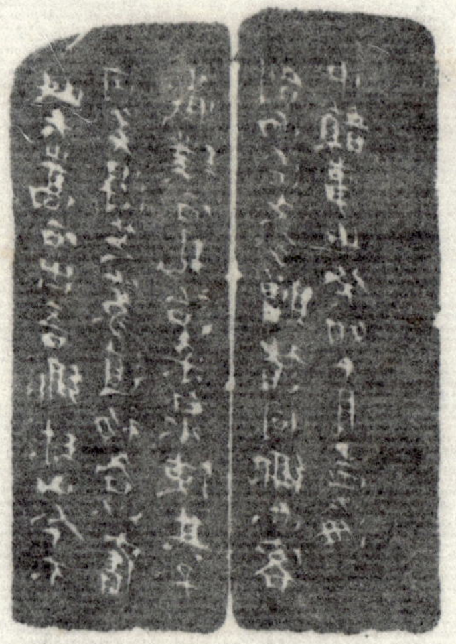

家在赤堇山藏

无限风光在险峰

西泠印社

临危不惧

臨危不懼

一九六四年社課
沙孟海

西泠印社

硬骨头六连

硬骨头六連

六連是一个战略思想
硬战斗作风硬軍事
技术硬軍政紀律硬
的英雄連队
一九六四年 沙孟海

西泠印社

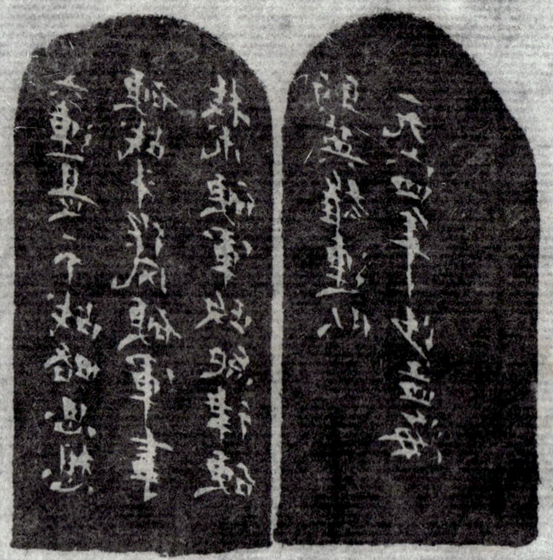

鋼八連

一九六四年社課沙孟海

西泠印社

金石刻画臣能为

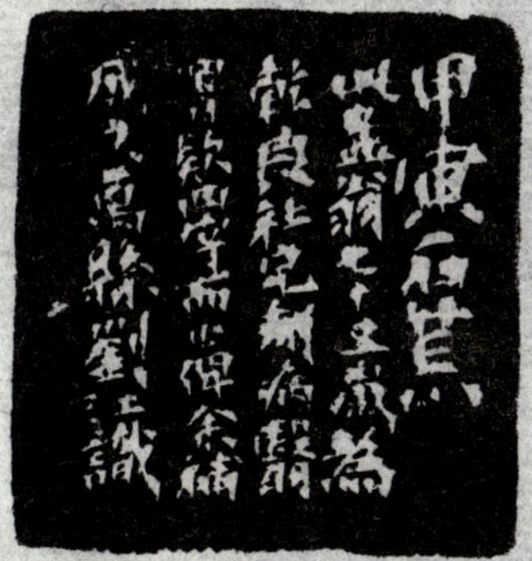

西泠印社

西泠印社

唐山

唐山

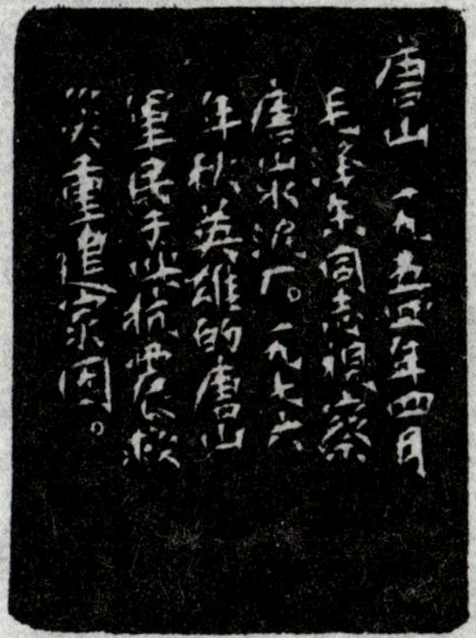
唐山 一九五五年四月
毛泽东同志视察
唐山水泥厂。一九七六
年秋，英雄的唐山
军民手此抗震救
灾重建家园。

惠山

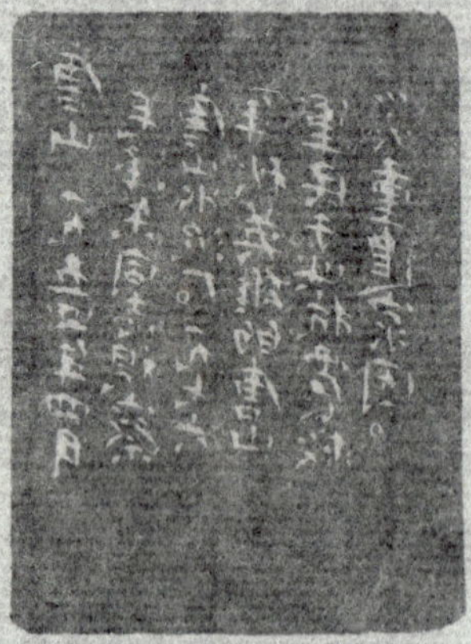

正八

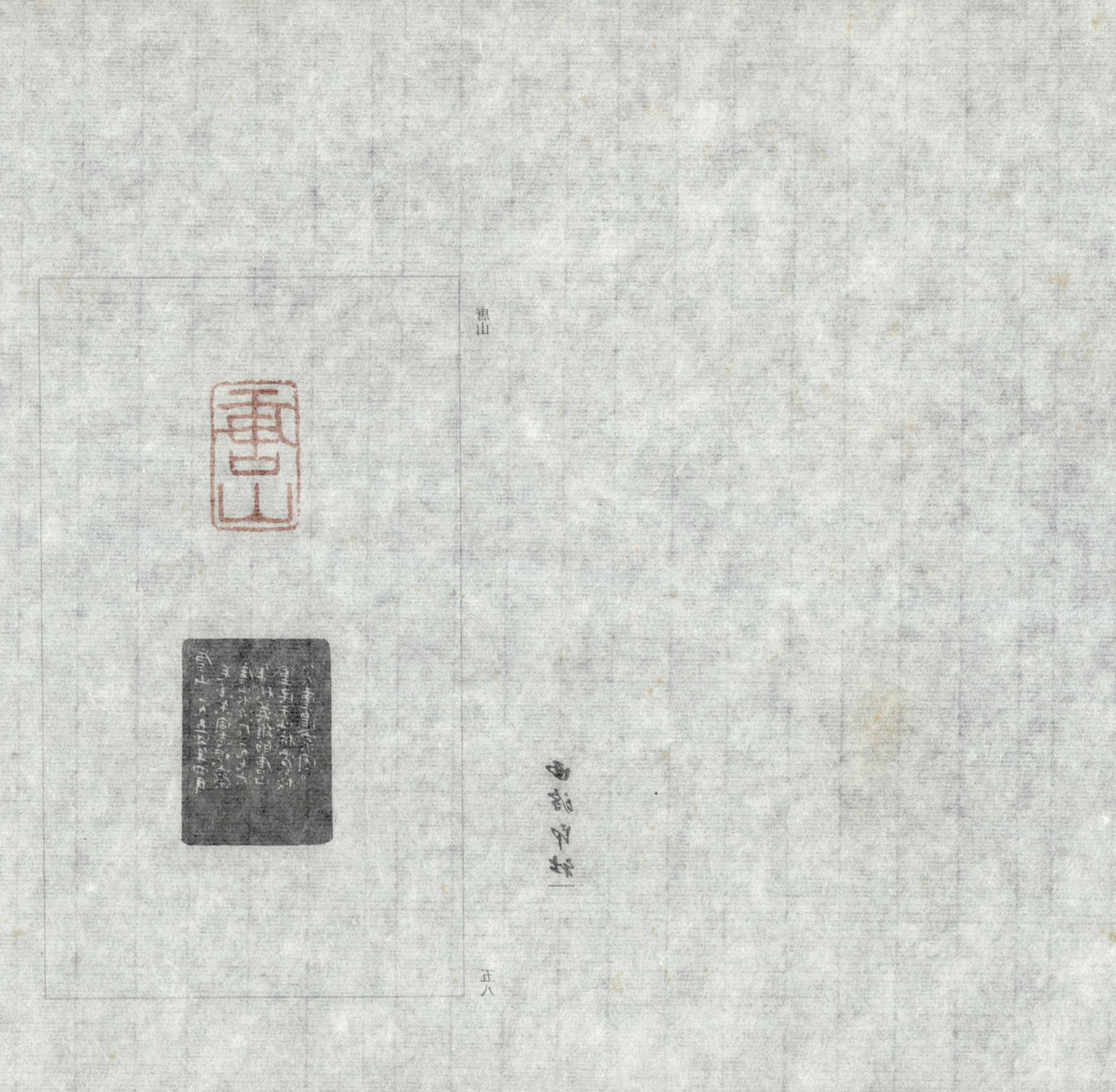

西泠印社

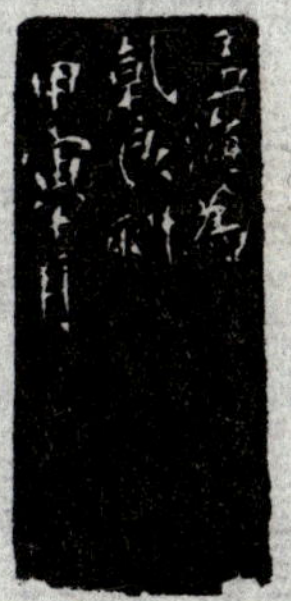

西泠印社

印蜕

孟翁

西泠印社

图书在版编目(CIP)数据

沙孟海印谱 /西泠印社编. -- 杭州 ：西泠印社出版社, 2010.4
ISBN 978-7-80735-732-2

Ⅰ. ①沙… Ⅱ. ①西… Ⅲ. ①汉字-印谱-中国-现代 Ⅳ. ①J292.47

中国版本图书馆 CIP 数据核字(2010)第 047143 号

責任編輯：邵旭閔
責任出版：李　兵

沙孟海印譜（一函一册）

出版
發行 西泠印社出版社（杭州西湖文化廣場三十二號五樓）
印刷 華寶齋
裝訂 杭州富陽古籍印刷廠（浙江省富陽市江濱東大道二一號）
版次 二〇一〇年十二月第一版第一次印刷
印數 一——一〇〇〇
定價 肆佰拾圓

ISBN 978-7-80735-732-2

ISBN 978 -7 -80735 - 732 -2

图书在版编目(CIP)数据

沙孟海印谱/西泠印社编. -- 杭州：西泠印社出版社, 2010.4
ISBN 978-7-80735-732-2

Ⅰ.①沙… Ⅱ.①西… Ⅲ.①汉字-印谱-中国-现代 Ⅳ.①J292.47

中国版本图书馆CIP数据核字(2010)第047143号

責任出版：李 兵
責任編輯：邵 旭 閔

沙孟海印譜（一函一册）

出版 西泠印社出版社（杭州西湖文化廣場三十二號五樓）
發行 華寶齋
印刷 杭州富陽古籍印刷廠
裝訂 （浙江省富陽市江濱東大道二二一號）
版次 二〇一〇年十二月第一版第一次印刷
印數 一——一〇〇〇
定價 肆佰捌拾圓

ISBN 978-7-80735-732-2